4

PETIT-SÉMINAIRE DE SERVIÈRES

ROME

SCÈNE LYRIQUE POUR LA DISTRIBUTION DES PRIX

3 AOUT 1868

TULLE

IMPRIMERIE D'EUGÈNE CRAUFFON

1868

Aigueperse

PETIT-SÉMINAIRE DE SERVIÈRES

ROME

SCÈNE LYRIQUE POUR LA DISTRIBUTION DES PRIX

3 AOUT 1868

TULLE

IMPRIMERIE D'EUGÈNE CRAUFFON

1868

ROME

SCÈNE LYRIQUE

UN ÉLÈVE DE PHILOSOPHIE.

D'autres peuvent chanter les splendeurs de ce jour,
Les mille bruits de fête éveillant ce séjour,
Ce concours empressé, ces pompes enivrantes,
Les enfants radieux, les mères triomphantes,
Nos fronts d'adolescents ombragés du laurier,
La place retrouvée au paternel foyer,
Les espaces rendus à notre humeur coureuse,
Et nos rêves ardents de liberté joyeuse.
Un plus haut sentiment, de son charme vainqueur,
Fait frémir nos esprits et battre notre cœur.

UN ÉLÈVE DE SECONDE.

Comme, au souffle du vent, la harpe d'Eolie
Sur les champs et les bois répand sa mélodie ;

UN ÉLÈVE DE RHÉTORIQUE.

Comme l'orgue puissant, sous un doigt inspiré,
Verse des flots d'accords dans le parvis sacré ;

UN ÉLÈVE DE TROISIÈME.

Comme la rose au ciel fait monter son arôme,

TOUS.

Nos lèvres et nos cœurs jettent le nom de Rome.

LA VILLE DES CÉSARS

UN ÉLÈVE DE RHÉTORIQUE.

Dans vos rêves brûlants, amis, n'avez-vous pas,
Aux heures où l'esprit, remontant pas à pas
Ce fleuve que l'histoire à nos regards déroule,
— Onde qui goutte à goutte incessamment s'écoule —
Relève pour lui seul les mondes du passé,
Et d'un souffle refait tout un peuple effacé,
Amis, n'avez-vous pas, immense et sans rivale,
Vu passer devant vous la Rome impériale ?
Quelle cité jamais eut un éclat pareil ?
      Voyez-la, sous son beau soleil,
— Ce soleil radieux de la blonde Italie ! —
      Comme une ceinture assouplie
Que déploya la main des glorieux Césars,
Au loin développer son cercle de remparts ;
      Et sur le flanc des sept collines,
      Que de ta masse tu domines

O Capitole menaçant,
Répandre, comme un flot puissant,
Un monde de palais, de marbres, de colonnes,
D'obélisques que tu lui donnes,
Terre des Pharaons qui dors dans les déserts,

Des dépouilles de l'univers,
Gigantesque moisson dans ses murs entassée,
Sous le vol de son aigle en cent lieux amassée,
Rome a rassasié son peuple souverain.
Dans Rome, les trésors de l'Orient lointain,
Les opulentes draperies,
Les parfums odorants, les riches pierreries,
L'étoffe aux ardentes couleurs,
L'or et les diamants, étincelantes fleurs
De ces pays au ciel de flamme.
La Grèce, où de son souffle et du feu de son âme
Homère a fait germer et fleurir la beauté,
Où l'Art s'épanouit sur un sol enchanté,
De ses toiles, de ses statues,
De tant de grâce revêtues,
A peuplé les palais de la grande cité.
Et la terre d'Afrique, où la triste Carthage,
Etreignant du passé la décevante image,
S'endort dans ses douleurs et se couche au cercueil,
Terre où Rome a semé l'épouvante et le deuil,
Est le grenier de l'abondance
Du peuple dont le pied a broyé sa puissance.

O notre illustre aïeul, ô peuple des Gaulois,
Qui jadis a fait tant de fois,
Quand tu frappais du pied, trembler la grande Rome,

Toi qui troublais ses nuits comme un sombre fantôme,
　　Je sais quel effort surhumain
Fit pour te conquérir la ville du destin ;
　　Et dix ans, de ton sang trempée,
　　De César la puissante épée,
Ainsi que dans un champ le soc du laboureur,
Sur ton front déchiré promena sa fureur.
　　Mais à l'Aigle aujourd'hui soumise,
O race de vaillants si chèrement conquise,
Le vainqueur veut de toi le tribut de ton bras,
　　Des esclaves et des soldats.

　　Ainsi j'ai vu la ville reine,
Sur le monde posant son pied de souveraine,
Et promenant les feux d'un œil ardent et fier,
Aigle victorieux, de son ongle de fer
　　Enchaînant sa tremblante proie,
Superbe en son triomphe et calme dans sa joie.

UN ÉLÈVE DE PHILOSOPHIE.

Peuple romain, créé pour le commandement,
Que les profonds conseils, les labeurs du génie,
　　L'inépuisable dévoûment,
Les fortes volontés, l'indomptable énergie
Et l'austère vertu fondèrent à la fois ;
Nation sans pareille, ô vrai peuple de rois !

DEUXIÈME ÉLÈVE DE PHILOSOPHIE.

Sous mes regards aussi, mais moins fière et plus sombre,
La Rome des Césars a fait passer son ombre.

J'ai vu se relever ses palais insolents,
     Où des citoyens opulents
     Comme les monarques d'Asie,
Dans la pourpre et dans l'or berçant leur fantaisie,
De vœux inassouvis fatiguaient l'univers,
Et dépeuplaient en vain l'eau, la terre et les airs.
J'entendais les clameurs de ce peuple en délire,
Ardent à réclamer du maître de l'Empire
Les spectacles fréquents, charme de ses loisirs.
Mais aux nobles Romains il faudra des plaisirs
Vraiment dignes de ceux qui règnent sur le monde.
     Tirez de l'Afrique profonde,
Des repaires cachés dans les déserts brûlants,
     Tirez des monstres dévorants,
     Et sur le sable des arènes
Poussez des flots épais de victimes humaines.
     Que les rangs de gladiateurs
S'accumulent aux pieds de cette foule avide,
Et sous la dent féroce et la griffe homicide
     Ou l'acier brillant des lutteurs,
     Pour l'égayer, que le sang coule
     Comme, sous le pied qui le foule,
     Coule le vin dans le pressoir.
Le peuple souverain est dur à s'émouvoir;
     Il veut des roses sur les têtes,
Mais du sang pour donner quelque goût à ses fêtes!

Proternez-vous! Voici le divin Empereur,
Des esprits et des corps le seul maître et seigneur;
     C'est la majesté sans rivale;
     Jusqu'au niveau de sa sandale
La tête la plus fière ose à peine monter.
     Point de vertu pour affronter

Du peuple-roi la grande idole,
Qui peut donner la mort d'une seule parole;
Que les torrents impurs, jaillis de votre cœur,
Du vieux monde, ô César, étonnent l'impudeur;
Osez ce qui jamais se rêva de folies;
Epuisez, dépassez toutes les tyrannies;
Jouez avec le fer, le poison et le feu,
Magnanime Empereur, Pontife, Auguste et dieu!
Sur vos pas vous verrez les sourires éclore,
Et tout un monde au loin qui tremble et vous adore;
L'univers devant Rome a ployé les genoux,
Rome, ô César-Néron, s'abîme devant vous.

DEUXIÈME ÉLÈVE DE RHÉTORIQUE.

La ville des Césars sur le monde se dresse
　　Ainsi qu'une divinité;
　　Et de sa main, jusqu'à l'ivresse,
　　Le monde boit l'iniquité.
Que le souffle de Dieu renverse tes murailles,
Grande prostituée, ô cité de l'Enfer,
　　Dominatrice sans entrailles,
Qui vis de notre sang et règnes par le fer!

PREMIER ÉLÈVE DE RHÉTORIQUE.

Je revoyais les jours de gloire incontestée,
Où d'Octave vainqueur l'épée ensanglantée
En rameau d'olivier dans sa main fleurissait.
De quels rêves dorés le Romain se berçait!
　　Les périodes meurtrières
　　Ont clos leur cours tumultueux;

Le fils du grand César, l'enfant chéri des Dieux,
D'un signe a fait partout tomber le vent des guerres,
Et ferme de Janus le temple révéré ;
Sur le monde s'étend un calme inespéré ;
Le Maître est débonnaire et Rome est satisfaite :
Pour chanter ses grandeurs que la lyre s'apprête ;
Quand le cirque a donné ses spectacles sanglants,
Poètes, il est doux d'écouter vos accents.
L'astre immortel de Rome au firmament scintille :
Ou d'un chant héroïque, ou d'une douce idille,
Enivrez tour à tour le César bienveillant ;
Le présent est si beau, l'avenir si brillant !

UN ÉLÈVE DE PHILOSOPHIE.

De ces chants du passé j'écoutais l'harmonie,
Dont les échos frappaient mon oreille saisie ;
    Et j'entendais comme deux voix,
Parmi les bruits confus, dominer à la fois :

VOIX DU MONDE PAIEN.

CHŒUR D'ADOLESCENTS.

    « De l'univers la grande Rome
    Est l'impérissable ornement ;
    Jamais sous les efforts de l'homme
    Ne tremblera son fondement.
    Sur le sommet du Capitole
Jupiter est assis et garde la cité ;
Des oracles sacrés nous avons la parole,
    Rome vit pour l'éternité. »

VOIX DES SERVITEURS DE DIEU.

DEUXIÈME CHŒUR D'ADOLESCENTS.

« Dieu vivant, de votre parole
Faites éclater le pouvoir !
Levez-vous, renversez l'idole
En qui Rome a mis son espoir.
Sur la ville, reine du monde,
Satan règne en vainqueur, et ce peuple si fier,
Devant lui prosterné, baise son pied immonde ;
Brisez le règne de l'Enfer. »

LE PREMIER CHŒUR.

« Rome est grande ! Un mot de sa bouche
Peut troubler la terre et le ciel.
Rome est grande ! Ce qu'elle touche
Sous son doigt devient immortel.
Cherchez sur la face du monde,
A tous les horizons, la trace de ses pas ;
Ce que Rome bâtit, ce que son peuple fonde,
Les siècles ne l'ébranlent pas ! »

LE DEUXIÈME CHŒUR.

« De nouveau Babel menaçante
Lève son front audacieux ;
Mais Dieu, dans sa force éclatante,
De nouveau descendra des cieux ;
Et l'édifice de mensonge,

Pour une éternité bâti par le Romain,
Croule et s'évanouit, dissipé, comme un songe
    Aux premiers rayons du matin. »

LE PREMIER CHOEUR.

« Tu tiens, ô cité souveraine,
Des Dieux un merveilleux destin :
Dès le berceau, déesse et reine,
Couronne au front du genre humain ;
Et souviens-toi, ville *fatale*
Que tu dois dominer sur les peuples divers ;
Que dans le monde entier Rome n'a point d'égale,
    Rome, l'orgueil de l'univers. »

LE DEUXIÈME CHOEUR.

« En vain Rome de ses victimes
Etouffe la voix et les pleurs ;
Jusqu'au ciel, du fond des abîmes,
Monte le cri de nos douleurs.
De ce colosse formidable,
Qui sur notre poitrine a posé les genoux,
Et pèse sur vos fils d'un poids insupportable,
    O Dieu clément, délivrez-nous ! »

VOIX DES ANGES.

CHOEUR D'ENFANTS.

Une voix.

« Dans l'ombre d'une pauvre étable
Gloire à Dieu ! sourit un enfant ; »

Une autre voix.

« Gloire à Dieu ! sa main redoutable
Va courber l'orgueil triomphant. »

LE CHŒUR.

« C'est l'ange de la delivrance !
Sous les traits d'un mortel son nom est l'Infini ;
O Rome des Césars, incline ta puissance,
A genoux ! ton règne est fini ! »

LA VILLE DE L'ÉGLISE

UN ÉLÈVE DE SECONDE.

La nuit tombait, fraîche et sereine ;
De la Babylone romaine
Montaient encor les bruits divers
Immenses et confus ; tels sur les grandes mers
Les frémissements de la houle.
Alors, traversant de la foule
Les derniers flots tumultueux,
Un inconnu passait, grave et silencieux.
Pour la première fois, de la cité fameuse,
Ce soir, il a franchi l'enceinte glorieuse ;
Mais Rome, pour ce pèlerin,
Rome n'aura pas même un regard de dédain.

UN ÉLÈVE DE PHILOSOPHIE.

Et qu'importe à la ville reine,
Qu'importe à la grande cité,

Que sur le sable de l'arène
Quelque grain de plus soit jeté ?
Qu'importe à la forêt touffue,
Que sur sa tête chevelue
Apparaisse un bouton nouveau ?
Et qu'importe à la vague immense,
Que le vaste Océan balance,
Une nouvelle goutte d'eau ?

Elle a d'autres sollicitudes,
La ville où règnera Néron,
Que de troubler ses quiétudes
Pour ce pauvre étranger sans nom.
C'est l'heure où triomphe l'orgie ;
Déjà, de mille feux rougie,
Brille la face des palais ;
La nuit va contempler dans Rome,
Des horreurs telles que Sodome
Peut-être n'en connut jamais.

UN ÉLÈVE DE RHÉTORIQUE.

Mais voici courir dans les ombres
D'étranges lueurs, et les airs
Tout sillonnés de spectres sombres
Qui jettent de ternes éclairs.
Entendez-vous ces cris funèbres ?
On dirait que dans les ténèbres
Grince une porte aux gonds de fer.
C'est là le cri qui, dans les veines,
Glace le sang de terreurs vaines,
Oui, c'est bien le cri de l'Enfer.

C'est le rugissement sauvage
De Satan, le grand séducteur ;
D'où vient que tu frémis de rage,
O Jupiter dominateur ?
A chacun des pas de cet homme,
Dans les murs de la grande Rome
Tes temples ont-ils chancelé ?
Devant cet inconnu qui passe,
Et dans l'ombre du soir s'efface,
Le Capitole a-t-il tremblé ?

Ah ! de la froide indifférence
Rome entière peut se couvrir ;
Dans le dédain et l'ignorance
La folle cité s'endormir.
A toi de remuer l'Abîme !
Ton épouvante est légitime
Et tu sais où va ta fureur ;
Oui, ce vieillard est Simon-Pierre,
Du Christ le glorieux Vicaire,
Le mandataire du Seigneur.

DEUXIÈME ÉLÈVE DE RHÉTORIQUE.

Debout ! que la lutte commence !
César invincible, ô géant,
Réveille-toi ! De ta puissance
Tu vas étaler le néant.
Sur le gibet où tu les cloues,
Sur les chevalets, sur les roues,
Par l'eau, par le fer, par le feu,
Pendant trois siècles, tu tourmentes,

Victimes toujours renaissantes,
Les vaillants, les témoins de Dieu.

DEUXIÈME ÉLÈVE DE PHILOSOPHIE.

Et quand, après ce long délire,
Le bras des bourreaux est lassé,
Et que, sur tout l'immense empire,
Un torrent de sang a passé ;
Que César, ivre de folie,
Sous la vague se glorifie
D'avoir noyé le nom chrétien,
Le monde est chrétien ; dans la gloire
La croix rayonne : à la victoire
Vole l'aigle de Constantin.

UNE VOIX.

« Sur le sommet inébranlable,
Où Rome avait assis le temple redoutable
De Jupiter Capitolin ; »

UNE AUTRE VOIX.

« Au Panthéon, que chaque aurore,
Vingt siècles écoulés, peut saluer encore
Debout, comme au premier matin ; »

LE CHŒUR.

« D'une Force et d'une Clémence,
Espoir de l'homme, orgueil du ciel,

Domine la douce influence
Et s'étend le bras maternel. »

UN ENFANT.

« C'est vous, ô Vierge immaculée,
Beau lys blanc, que Dieu prit dans notre humble vallée,
Pour embaumer le Paradis ; »

UN ADOLESCENT.

« C'est vous, ô reine de la gloire,
Plus forte qu'une armée, en son jour de victoire,
Contre ceux que hait votre fils ; »

UN ENFANT.

« C'est vous, ô jardin d'innocence,
O lac de pureté ; »

UN ADOLESCENT.

« C'est vous, merveille de puissance,
Océan de beauté ; »

LE CHŒUR.

« C'est vous, dont la grandeur écrase la parole,
Que le Ciel tout entier entoure au Panthéon ;
Vous qui tenez, au Capitole,
Le serpent infernal broyé sous le talon. »

UN ÉLÈVE DE PHILOSOPHIE.

Bien souvent en esprit errant au Colysée,
    Un sauvage cri de fureur
    Frappe mon oreille abusée.
J'entends se prolonger la grondante clameur
    Le long des arcades superbes,
Sur les débris, là-haut, ployant les grandes herbes ;
Rugissement profond de tigre menaçant,
    Cri de la foule délirante,
Avide de baigner ses regards dans le sang ;
Je détourne, éperdu, ma paupière tremblante,
Et soudain, ô transport ! voici que j'aperçois,
    Dans l'arène, la croix de bois,
    Humble toujours, mais triomphante,
    Et disant d'une grande voix :
    Je plonge ma forte racine
Dans un sang arraché des veines du martyr ;
    Aucun orage ne m'incline ;
Vive Dieu ! je ne sais ni rompre ni fléchir.

UN ÉLÈVE DE RHÉTORIQUE.

    Et vous, colonnes triomphales,
    Du passé hardi souvenir,
Pour raconter sa gloire aux siècles à venir
Le siècle d'Antonin déploya vos spirales ;
Des Apôtres, vainqueurs d'un monde fastueux,
Elevez aujourd'hui l'image vers les cieux.

DEUXIÈME ÉLÈVE DE RHÉTORIQUE.

    Partout où Rome impériale,
    Dans ses transports ou dans ses jeux,

De quelque immonde saturnale
Imprima le signe hideux ;
Partout où triompha le crime ;
Où quelque innocente victime
Au ciel jeta son cri puissant ;
Où, comme l'oiseau de ténèbres
Balançant ses ailes funèbres,
Planait un souvenir de sang ;

Les larmes de la pénitence
Ont fait passer un bain de feu ;
Les prières de l'innocence
S'épancher les trésors de Dieu.
Pour effacer toute souillure,
Et laver toute flétrissure,
Voici la Vierge et le Martyr ;
Le sacrifice expiatoire,
Dans la lumière et dans la gloire,
Étouffe l'impur souvenir.

DEUXIÈME ÉLÈVE DE PHILOSOPHIE.

Tout ce qui consacrait la gloire
De la cité de Romulus ;
Tout ce qui gardait la mémoire
De tant de peuples abattus ;
Tout ce que l'orgueil, en démence,
Rêva, dans sa toute-puissance,
Pour apprendre aux siècles lointains,
Avec des traits que rien n'efface
Au milieu d'un monde qui passe,
Ce que furent les vieux Romains ;

Des Pontifes la cité sainte,
La croix au front, Dieu dans le cœur,
L'a tordu dans sa vive étreinte,
Et couché de son bras vainqueur.
Elle a dit à ces fiers trophées :
Désormais par des mains sacrées
La force et l'orgueil sont vaincus ;
Et dans le monde qui va naître,
Esclaves sous les pieds du maître,
Vous ne chanterez que Jésus.

PREMIER ÉLÈVE DE RHÉTORIQUE.

Avez-vous entendu l'orgue, à la voix puissante,
Jeter aux quatre vents, sous une main savante,
Tous les sons qui dormaient dans son vaste contour :
Cantiques de l'oiseau, roulements de l'orage,
Rumeurs des Océans, soupirs dans le feuillage,
Vœux et gémissements, cris d'espoir, chants d'amour ?

Tel, pour faire éclater les strophes du poème
Lettre à lettre ici-bas écrit par Dieu lui-même,
Mais plus aimé, plus doux, plus vibrant mille fois,
De tous les monuments qui peuplent son enceinte,
Rome, la grande ville sainte,
Fait monter un concert de merveilleuses voix.

UN ÉLÈVE DE TROISIÉME.

Quand le premier souris de la naissante aurore
Nuance le ciel gris,
Du bois touffu, profond, silencieux encore,
Pénétrez les abris ;

Et, sous vos pas furtifs, sous la main, sur la tête,
        Criant et voletant,
Mille oiseaux éveillés, troublés dans leur retraite,
        S'échappent en chantant.

Ainsi dans cette Rome, entre les cités saintes
        Trésor de sainteté,
Temple que tout le Ciel, y gravant ses empreintes,
        Semble avoir habité,

A chacun de vos pas, ô pèlerins fidèles,
        Un souvenir pieux
S'éveille souriant, prend un corps, prend des ailes,
        Et monte vers les cieux.

PREMIER ÉLÈVE DE PHILOSOPHIE.

Du soleil de printemps quand la flamme rayonne,
Amis, vous avez vu la sève qui bouillonne,
S'épanouir vivante à vos regards épris.
Du chêne elle est ici la puissante ramure ;
Ailleurs elle s'étend en un lac de verdure ;
Là-haut elle est bercée en panaches fleuris.

Ainsi, lorsque la voix de l'Archange terrible
Réveillera tous ceux que la mort inflexible,
Ce pâle laboureur, coucha dans le sillon ;
A l'heure où, secoués par le bruit des tonnerres,
        Au Seigneur les champs funéraires
Donneront de vivants leur immense moisson ;

Je crois voir de mes yeux la terre fortunée
Où Rome aura vécu sa grande destinée,
Des héros de la foi restes sanctifiés,
De saints et de martyrs immortelle poussière,
Toute entière frémir, revivre tout entière,
Tout entière fleurir en corps glorifiés.

LE CHŒUR.

« Mieux que la lance et que l'épée,
Mieux que le bronze des combats,
O Rome des martyrs, une invisible armée
Couvre tes remparts de son bras. »

UNE VOIX.

« C'est la phalange glorieuse
Des Saints, tes nobles fils, pour la lutte rangés ; »

UNE AUTRE VOIX.

« Infaillible secours, garde victorieuse,
Vrai mur de diamant à l'heure des dangers. »

LE CHŒUR.

« Mieux que la lance et que l'épée,
Mieux que le bronze des combats,
O Rome des martyrs, cette invisible armée
Couvre tes remparts de son bras. »

LA VILLE DES PAPES

———

UN ÉLÈVE DE RHÉTORIQUE.

Que béni soit le jour où de la lèvre humaine,
Dont le Verbe de Dieu se fit un instrument,
    Une parole souveraine
      Créa le divin Fondement,
L'indéfectible Appui, la Pierre inébranlable,
    Par qui l'Eglise inexpugnable
Doit briser de l'Enfer l'impuissante fureur.

UN ÉLÈVE DE PHILOSOPHIE.

O parole de vie, ô verbe impérissable,
    Vraiment digne de vous, Seigneur !
Que n'entamera point la plume empoisonnée,
Le grincement de dents de la haine acharnée,
Le baiser des Judas ou le fer du bourreau !

DEUXIÈME ÉLÈVE DE PHILOSOPHIE.

Dix-huit siècles passés, verbe toujours nouveau,
Dont la vigueur, que rien ne suspend ou n'altère,
    A son joug a plié la mort,
Et fait bientôt de Dieu resplendir le Vicaire
Sur la tombe où de Dieu le Vicaire s'endort.

DEUXIÈME ÉLÈVE DE RHÉTORIQUE.

Œuvres de l'homme, à qui l'on prodigue la gloire,
    Filles de ses hardis labeurs ;
Prodiges enfantés, tout armés de splendeurs,
    Sous les éclairs de la victoire,
    Ou mûris lentement au soleil de la paix ;
Fières créations, retentissants bienfaits ;
Vous que, pour asservir l'espace et la durée,
Tout le génie humain a trempés de son feu,
Venez vous mesurer à l'œuvre que mon Dieu
    D'un mot de sa bouche a créée !

PREMIER ÉLÈVE DE PHILOSOPHIE.

Du Vicaire de Dieu cherchons dans le passé
La figure apparue et le sillon tracé !
Il fit croître et mûrir sur le cloaque immonde,
Où dans un air mortel, les peuples du vieux monde,
Affaissés et vaincus, tombaient ensevelis,
Des gerbes pour le Ciel et des moissons de lys.
Dans le sein de la nuit quand se heurtaient les armes,
Et se mêlaient les cris et le sang et les larmes,
Et que le tourbillon des barbares du Nord

Roulait sur l'Occident l'incendie et la mort,
Des horreurs du combat et de la barbarie
Il fit sortir la paix, la lumière et la vie.
Dix-neuf siècles l'ont vu, roi, pontife, docteur,
Des serviteurs de Dieu toujours le serviteur,
Se pencher vers l'esclave, étendu sur la terre,
Le porter dans ses bras et lui dire « mon frère ; »
Offrir à l'infortune un cœur où s'appuyer,
A la menace un front qui ne sait pas ployer;
Debout, toujours armé de la crosse de Pierre,
Du mensonge orgueilleux briser la tête altière;
Faire germer l'amour, fleurir la liberté;
Du pain de la justice et de la vérité
Nourrir les nations; diviniser le monde ;
Et, que le soleil brille ou que l'orage gronde,
A l'avant du vaisseau, calme, fort, radieux,
Emporter avec lui son peuple vers les cieux.

LE CHŒUR.

« Salut, ville de la lumière !
O Rome, sur ton front les cieux toujours ouverts
D'ineffables clartés te baignent tout entière,
Et par toi le vrai jour se fait dans l'univers.
Salut, ville de la lumière ! »

UN ÉLÈVE DE SECONDE.

Parfois, aux premières lueurs
D'un jour qui s'annonçait tout paré de splendeurs,
De pâles et lourdes nuées,
Sur le flanc des vallons vagues amoncelées,

Montent, montent encore, et, lentement roulées,
Entre la terre verte et notre ciel d'azur
     Jettent les plis d'un voile obscur.
Sous ce manteau de deuil quel frisson ! quel silence !
Où donc le gai matin, tout baigné d'espérance ?
          Où donc le roi brillant du jour,
Dont la fleur et l'oiseau saluaient le retour ?
          Serait il vaincu par les ombres ?
Ses feux céderont-ils devant ces voiles sombres ?
Attendez ! attendez ! L'astre victorieux
     De lumière inonde les cieux ;
Ardent, il fait pleuvoir ses gerbes enflammées,
Et des lacs endormis les épaisses fumées
     A ces traits ont fondu soudain,
Et dans le firmament il brille en souverain ;
          Notre terre, toute ravie,
Boit, avec ses rayons, l'allégresse et la vie.

          Ainsi montent, aux jours mauvais,
Des flots, encor des flots de nuages épais,
     Pour noyer, sous leur masse immonde,
Le soleil qui de Rome illumine le monde.
De la nuit sans espoir la froide obscurité
Lentement s'épaissit; d'un peuple épouvanté
          Ont frissonné toutes les âmes.
     Mais soudain voyez quelles flammes !
De ses flèches de feu le soleil du Seigneur
Frappe à coups redoublés le nuage menteur
     Qui croule comme une poussière.
     Toute couverte de lumière,
          — Puissante et douce vision ! —
Rome, phare divin, rayonne à l'horizon ;

Des torrents de sève divine
Font vivre et tressaillir le monde qui s'incline.

LE CHŒUR.

« Salut, ô cité de l'amour !
Du cœur sacré de Dieu les ondes jaillissantes,
O Rome, par ton cœur s'épanchant nuit et jour,
Vont partout ranimer les vigueurs défaillantes.
Salut, ô cité de l'amour ! »

UN PETIT ENFANT.

Ma jeune âme, éveillée au doux nom de l'amour,
Se tourne vers Pie Neuf, comme l'œil vers le jour.

UN ENFANT.

Pontife glorieux, l'univers vous admire ;
Comment oser vers vous faire monter nos chants ?
Heureux, dans votre Rome, heureux sont les enfants
Sur qui, rayon du ciel, tombe votre sourire !

UN PETIT ENFANT.

N'est-il pas avant tout l'Ange de la bonté ?
Du Maître tout-puissant cet immortel Vicaire,
Ce roi qui resplendit de sainte majesté,
Moi, tout petit enfant, je l'appelle mon père.

UN AUTRE PETIT ENFANT

Sa main conduit aux cieux les agneaux du Seigneur,
Douce comme la main qui me berçait naguère ;

Et Dieu n'a-t-il pas pris, pour composer son cœur,
Les trésors dont il fit votre cœur, ô ma mère?

UN ENFANT.

Pour lui nous ne saurions affronter les combats,
Et de nos faibles corps lui faire une défense ;
Mais nous disputerons sa vie à la souffrance :
La prière et l'amour ne s'endormiront pas.

Il chante :

« Un peu de bonheur pour mon père !
Assez de flots l'ont balloté ;
Et de son cœur à sa paupière
Assez de larmes ont monté.
Mon Dieu, sur sa tête blanchie
Les jours, hélas ! pèsent nombreux ;
D'un beau soleil, clair et joyeux,
Réchauffez le soir de sa vie. »

LE CHŒUR.

« Mon Dieu, sur sa tête blanchie
Les jours, hélas ! pèsent nombreux ;
D'un beau soleil, clair et joyeux,
Réchauffez le soir de sa vie. »

UN ÉLÈVE DE PHILOSOPHIE

Au long cantique des douleurs,
Enfants, nous mêlerons des hymnes de victoire ;
La route, que Pie Neuf arrosait de ses pleurs,

Est le royal chemin qui conduit à la gloire.
Un jour le Christ Jésus, son Seigneur immortel,
    Fit retentir cette promesse :
« Que vienne le moment, entre tous solennel,
Où, cloué sur le bois, vers le ciel je me dresse,
    Et j'attirerai tout à moi. »
Ennemis de Pie Neuf, insulteurs de la foi,
Entraînant de Jésus le glorieux Vicaire,
Dont les larmes tombaient goutte à goutte sur vous,
Vous l'avez fait monter sur un nouveau Calvaire :
    « Les clous ! qu'on apporte les clous !
    « Aiguisez le fer de la lance !
« Sous le ciel impuissant que la croix se balance !
« Triomphe, compagnons ! Hourrah! dressez la croix ! »
Nos regards se tournaient aux clameurs de ces voix,
Et cherchaient, à travers des tempêtes d'outrage,
Du vieillard conspué le vénéré visage.
Pie Neuf était en croix, les bras tendus au ciel ;
Et déjà les bourreaux de vinaigre et de fiel
L'avaient rassasié. Votre œuvre est-elle faite
O race de Caïn? La victoire complète ?
Mais quoi ? Du Vatican quelle splendeur a lui?
Le vieillard sur la croix attire tout à lui !
Deux fois, sous tous les cieux et sur toutes les plages,
Des profonds continents et des lointains rivages,
    Du sein de cent peuples divers,
Par les routes de feu, sur la vague des mers,
Vers les monts où Pie Neuf fatigue la souffrance,
    Vive Dieu ! voici que s'élance
    Tout un monde de pélerins,
De soldats et de fils innombrables essaims,
Réchauffés et bénis sur le cœur de leur père ;
Ils ont en un Thabor transformé son Calvaire.

UN ÉLÈVE DE SECONDE.

Laissez donc, ô lutteur si vaillant et si doux,
Les soldats de l'Enfer gronder autour de vous.
    Pour élever une barrière
Qui rompe les efforts du Monstre frémissant,
    Vos enfants, avec leur prière,
    Ont jeté leur or et leur sang.

UN ÉLÈVE DE RHÉTORIQUE.

Glorieux souvenir qui protége sa vie !
Le Pontife éprouvé, que l'orage battait,
    A la couronne de Marie
Attacha de sa main le fleuron qui manquait.

UN ÉLÈVE DE PHILOSOPHIE.

Il va de son labeur consommer les miracles :
Des évêques bientôt les saintes légions
Volent à ses côtés, et sur les nations
L'Eglise par sa voix jettera des oracles.

DEUXIÈME ÉLÈVE DE RHÉTORIQUE.

De tes blancs pavillons que j'aime la beauté,
O Jacob ! Israël que tes tentes sont belles !
Du Ciel est descendu l'Esprit de vérité,
La céleste colombe a secoué ses ailes.
O portes du Cénacle, ouvrez-vous avec bruit !
Debout, peuples et rois, debout ! c'est la Parole,
C'est l'Amour, c'est le Feu, qui s'étend et qui vole

Où triomphe le froid, où s'épaissit la nuit.
Lumière au cœur soumis, foudre pour le rebelle,
L'éclair étincelant sur le monde a passé :
Béni soit Dieu ! Voici le monde qui chancelle
    Sur ses fondements replacé.

DEUXIÈME ÉLÈVE DE PHILOSOPHIE.

Pourquoi, jeunes amis, à vos chants d'allégresse
    Mêler des paroles d'effroi ?
De l'espérance en vain la douce voix me presse ;
    Je pleure et tremble malgré moi.
Hélas ! hélas ! le sang dans mes veines se glace ;
    Et j'en appelle à vous, Seigneur !
Contre Rome j'entends éclater la menace,
    Et rugir l'ignoble fureur.
Quelle foule, grand Dieu ! qui tourbillonne et gronde,
    De tous peuples et de tout rang !
O jour épouvantable où cette tourbe immonde,
    Ivre de mensonge et de sang,
Foulant et piétinant notre Rome sacrée,
    De ses fanges la souillera !
Où sur l'auguste proie, à des bourreaux livrée,
    L'Enfer tout entier bondira !

PREMIER ÉLÈVE DE PHILOSOPHIE.

Aux atroces fureurs des enfers et de l'homme
— Dieu du ciel pardonnez ! — Voir abandonner Rome !
Rome ! astre vers lequel j'appris, avec amour,
A tourner mes regards à peine ouverts au jour ;
Rome ! entre les cités la cité sans rivale,
De l'univers chrétien parure virginale ;

3

Rome ! ville de Dieu, le séjour révéré
Au Vicaire du Christ dix siècles préparé ;
Rome ! du monde entier et le cœur et la tête,
Soleil des jours sereins, phare dans la tempête ;
Rome ! qui nous a pris, pour cimenter ses murs,
De sueur et de sang les torrents les plus purs ;
Rome ! de notre foi monumentale histoire
Qui chante ses douleurs, ses combats, sa victoire ;
Rome ! que tout le Ciel peupla de souvenirs,
Le berceau des docteurs, l'arène des martyrs ;
Rome ! où le sang versé pour la foi catholique
De chaque grain de terre a fait une relique ;
Rome ! à nos ennemis qu'il suffit de montrer
Dans la poudre aussitôt pour les faire rentrer ;
Rome ! notre trésor, notre orgueil, notre joie !
Non, quelque châtiment que le Ciel nous envoie,
A ses fils bien-aimés, non, jamais le Seigneur
Ne voudrait infliger cette immense douleur !

UN ÉLÈVE DE RHÉTORIQUE.

Amis, d'enthousiasme et d'espoir je tressaille !
O France de Clovis, en un jour de bataille
Par Dieu même créée ! A l'appel de sa voix
Toi qui bondis soudain, emportant, à la fois,
La douceur de l'agneau des ondes baptismales,
Et des champs du combat les ardeurs martiales !
France de Charlemagne, au cœur mâle, à l'œil fier,
Aux fortes mains de qui brille et frémit le fer,
Que Dieu fait flamboyer aux portes de la terre,
Héritage sacré de son royal Vicaire !
France de Godefroid, France de saint Louis,
L'orgueil et la stupeur des peuples éblouis,

Vers le tombeau du Christ, sous la croix rayonnante,
Au cri de *Dieu le veut !* qui t'élançais ardente,
Et, sous ton pas fougueux, ébranlas l'Orient,
L'âme en feu, le cœur haut, et le front souriant !
A tes robustes flancs sonne toujours l'épée,
Et l'âme des aïeux ne sera point trompée :
Tu ne livreras pas Rome ni son grand Roi,
J'en jure par ta gloire et ton cœur et ta foi !

LE CHŒUR.

« De gloire ô France couronnée,
Pour les gestes de Dieu, France prédestinée,
Au Tout-Puissant prête ton bras !
Le glaive en tes mains étincelle ;
Qu'il jette aux alentours de la ville éternelle
Les éclairs qu'on n'affronte pas ! »

A MONSEIGNEUR BERTEAUD.

UN ÉLÈVE DE PHILOSOPHIE.

A l'aigle de franchir, dans son vol intrépide,
La borne inaccessible à l'oisillon timide.
De Rome, devant vous, nous avons essayé
Monseigneur, comme un chant à peine bégayé.
Nous n'avons point deux fois, au foyer de lumière,
Dans Rome même, ouvert notre ardente paupière ;

Et de Pie Neuf jamais nous n'avons, Monseigneur,
Senti sous notre main palpiter le grand cœur.
Nous ne saurions donner aux pensers de notre âme
La couronne de fleurs et la robe de flamme,
Et dans les vastes cieux des ailes pour monter.
Vos fils n'ont pas reçu le grand don de porter
Dans la main du docteur la harpe du poète,
Et l'on attend de vous le vrai chant de la fête.

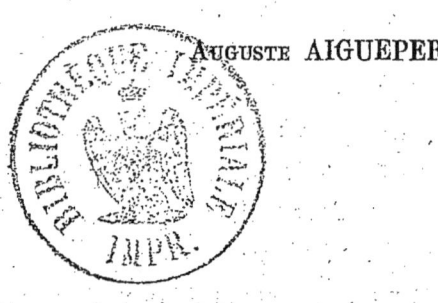

Auguste AIGUEPERSE.

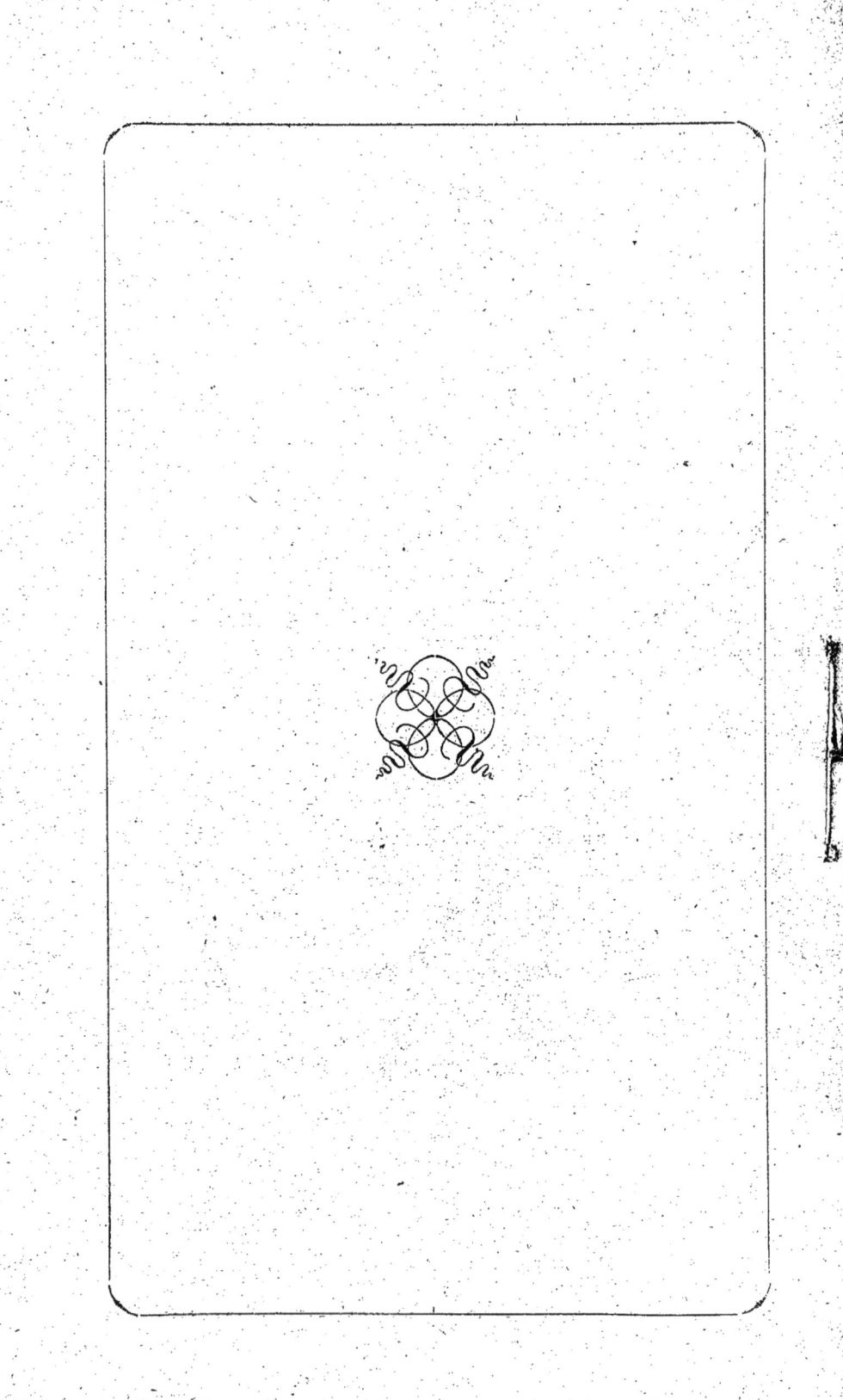